SAINT
ADALBERT,
MARTYR,

LÉGENDE-ORATORIO

EN DEUX PARTIES.

(DIXIÈME SIÈCLE.)

PAROLES DE M. CHRISTIERN OSTROWSKI.

Musique de M. ALBERT SOWINSKI.

(Exécuté pour la première fois, à Paris, le 17 avril 1845.)

PARIS,

LEDOYEN, PALAIS-ROYAL, 31, GALERIE D'ORLEANS.

1845

DISTRIBUTION DE L'ORATORIO.

BOLESLAS-LE-GRAND, roi de Pologne,	MM. A. DUPONT.
ADALBERT, archevêque de Gnesen,	J. GÉRALDY.
RADION, } esprits de lumière,	Mmes { SABATIER.
ASTÉRÉE, } esprits de lumière,	Mmes { BOCKHOLTZ.
L'ANGE RÉCITANT,	MONTDUTAIGNY.
LE ROI DES CHASSEURS.	* * * *
UNE MÈRE,	* * * *
UNE CAPTIVE,	* * * *

CHŒUR D'ESPRITS CÉLESTES.
CHŒUR DE PRISONNIERS.
CHŒUR DE PAÏENS.

Paris. — Imprimé par Plon frères, 36, rue de Vaugirard.

SAINT ADALBERT,

MARTYR.

PREMIÈRE PARTIE.

La Vocation.

INTRODUCTION.

CHŒUR DES ESPRITS CÉLESTES.

Gloire au Seigneur! chantez, saintes phalanges;
  C'est Dieu dont l'amour nous instruit:
Tout l'univers est plein de ses louanges,
  Et le jour l'annonce à la nuit!

Dieu créateur, que la nature adore!
  Voilé sous ta triple unité,
Tu resplendis du couchant à l'aurore,
  Et tu remplis l'éternité!

Comme un torrent qui remonte à sa source,
  Ainsi le temps impétueux,
Fleuve éternel, entraîne dans sa course
  Le soleil, la terre et les cieux!

Chantez, chantez, immortelles phalanges!
  Le soleil paraît, l'ombre fuit;
Les cieux sont pleins des divines louanges,
  Le jour les annonce à la nuit!

L'ANGE RÉCITANT.

Tels étaient dans les cieux les cantiques des anges
Sur l'enfant nouveau-né que la terre a produit.
Voyez! ô terreur! ô miracle!
Du divin tabernacle
Retentit un oracle :
O lumière! ô jour effrayant!
Tout le ciel, en extase,
A tremblé sur sa base;
Que le Dieu qui l'embrase
Ne le plonge au sein du néant!

VOIX DU TABERNACLE.

Radion, Asterée! esprits purs de lumière,
Qui jadis à ma voix
Portiez au laboureur, dans sa calme chaumière,
La couronne des rois;

Anges de la Pologne, ouvrez vos blanches ailes;
Protégez cet enfant!
Qu'avec vous il enseigne aux païens infidèles
Mon Verbe triomphant!

Que le sang du martyr, que vos larmes fécondent
Les sables du désert :
Adalbert est son nom; — et les cieux lui répondent :

CHŒUR.

« Adalbert! Adalbert! »

TROIS ANGES.

Hosannah! hosannah! Gloire au Dieu des armées!
Chantez, ô harpes d'or!

L'ANGE RÉCITANT.

Les anges, déployant leurs ailes enflammées,
Ont déjà pris l'essor,
Comme deux blancs ramiers, volant d'une aile égale,
Les deux saints messagers

Des soleils à la terre ont franchi l'intervalle
Radieux et légers ;
Éteignant de leurs fronts les clartés angéliques,
Et le feu trop ardent,
Ils viennent se poser parmi les basiliques
Des Slaves d'Occident.

Et du ciel on entend le cantique des anges.

CHŒUR.

Gloire au Seigneur! chantez, saintes phalanges!
C'est Dieu dont l'amour nous instruit ;
Tout l'univers est plein de ses louanges,
Et le jour l'annonce à la nuit!

I.

L'ANGE.

Or, dans Prague vivait une famille sainte,
De la race des rois,
Qui gardait le parfum et la splendeur éteinte
Des vertus d'autrefois.
— « Salut aux étrangers! » — On leur ouvre l'entrée
Que la Vierge défend ;
Et voici, devant eux, une mère éplorée
Au berceau d'un enfant.

LA MÈRE.

Mon fils, réveille-toi! Si tu cesses de vivre,
Toi si jeune et si beau!
Si tu meurs, cher enfant! je mourrai, pour te suivre
Dans la nuit du tombeau!

RADION, ASTÉRÉE; *choral.*

Mère, console-toi! chrétienne, prends un cierge!
Dieu t'appelle! à genoux!
Dépose ton enfant sur l'autel de la Vierge,
Et chante, comme nous :

RADION, ASTÉRÉE, LA MÈRE.

Vierge Marie,
Vois cette fleur
Déjà flétrie
Par la douleur!
A sa paupière
Rends la lumière,
Vierge d'amour!
Et que sa vie,
Digne d'envie,
Te glorifie
Comme un beau jour!

2.

Reine des anges
Aux yeux si doux,
Saintes phalanges,
Priez pour nous.
Blanche colombe,
Neige qui tombe
Ont sa candeur;
Prends cette rose
A peine éclose,
Qu'elle repose
Près de ton cœur!

CHŒUR.

Bienheureux le mortel qui reçoit à toute heure
Le proscrit, l'étranger:
Car les anges des cieux, visitant sa demeure,
Viennent le protéger.

II.

L'ANGE.

L'enfant avait grandi; mais, fuyant les exemples
De ses anges gardiens,

A la cour de Bohême il poursuit, loin des temples,
Les plaisirs des païens.
Pleurez, anges d'amour, et cachez sous vos ailes
Vos regards soucieux :
Il oublie à la fois vos leçons immortelles,
Et le chemin des cieux!
Dieu ne l'oublia point! Dieu conduit ceux qu'il aime
Jusques au dernier jour ;
Adalbert eut un songe envoyé du ciel même,
Plein d'ivresse et d'amour.

ADALBERT ; *songe*.

Où suis-je? ô ma patrie! ô torrents de lumière!
O moment solennel!
Est-ce bien mon pays, mon berceau, ma chaumière ;
Le séjour paternel?

Oui, c'est lui! mais plus beau, mais peuplé de génies
Au sourire amoureux;
A moi, songes brûlants, divines harmonies,
A moi! je suis heureux!

Là-bas, vois-tu briller cette couche d'ivoire
Sous un trône éclatant?
C'est la fille d'un roi qui t'appelle à la gloire,
C'est l'amour qui t'attend!

VOIX DU CIEL.

Adalbert!..

ADALBERT.

Le ciel change ; une voix inconnue
Me réveille... prions!
Dieu paraît sur son trône : il découvre à ma vue
Deux saintes légions :

L'une a l'éclat du lys dans nos fraîches vallées,
Que je ne verrai plus ;
Elle porte des fleurs vivantes, étoilées :
C'est l'essaim des Élus!

L'autre a le teint vermeil des roses printanières
Sous l'aile des zéphyrs ;
Elle porte le Christ mourant, sur ses bannières :
C'est l'essaim des Martyrs !

CHŒUR.

Adalbert, Adalbert ! viens parmi nos phalanges
Qui pour toi vont s'ouvrir !
Ta place est désignée au milieu des Archanges :
Veux-tu vivre, ou mourir ?

ADALBERT.

O mon Dieu ! que résoudre ! ô ma mère chérie !
O ciel, inspire-moi !
Seigneur ! je suis chrétien ; merci, vierge Marie ;
Je veux mourir pour toi !

III.

ADALBERT ; *récit.*

C'en est fait ! commençons le grand pèlerinage
A la grâce de Dieu !
O famille ! ô patrie ! ô témoins du jeune âge !
Et toi, ma mère, adieu !

Voici le seuil natal... D'où vient que je frissonne ?
Quel silence profond !
Mes frères ! mes parents ! quoi, personne, personne ?
L'écho seul me répond :

L'ÉCHO.

Tes frères ! tes parents ! ô mortelles alarmes,
Inutiles remords !
Adalbert ! fuis ces lieux pleins de sang, pleins de larmes !
Ils sont morts ! ils sont morts !

Fuis ! te dis-je... Là bas, vois-tu sans sépulture
Tes frères bien-aimés ?

Leurs cadavres sanglants serviront de pâture
Aux vautours affamés.

De cruels assassins ont choisi pour repaire
Le toit de tes aïeux!
Ton père était chrétien; ils ont tué ton père,
Et ta mère est aux cieux!

Ils ont tué l'enfant, déshonoré la fille
Sur le sein du vieillard!
Adalbert, tu n'as plus de parents, de famille :
Arrête! .. il est trop tard.

L'ANGE.

Il entre, il sent la mort déchirer ses entrailles;
Et la bêche à la main
Il creuse vingt tombeaux, chante vingt funérailles,
Et reprend son chemin.

IV.

L'ANGE.

Or, Boleslas régnait sur nos pères : les Slaves.
Dieu touche son esprit,
Il appelle le saint, banni par des esclaves,
Il l'embrasse et lui dit :

BOLESLAS.

Frère, voici mon cœur! Que ton Dieu soit le nôtre;
Viens bénir le soldat
Qui change désormais le bourdon de l'apôtre
En crosse du primat.

Comme un chêne, au printemps, sur la neige encor blanche
Étend ses rameaux verts,
Ainsi, des rejetons naissant de cette branche
Que nos champs soient couverts!

C'est à toi d'éclairer Boleslas et le monde
Des splendeurs de la foi.

Aussi loin que s'étend la Vistule féconde,
Tout mon peuple est à toi!

ADALBERT.

Seigneur, il est à Dieu! moi, son ministre indigne,
Je vais en tout pays,
Baptisant les païens, travaillant à la vigne,
Il parle, j'obéis!

Mais quelle voix touchante a frappé mon oreille?
D'où viennent ces sanglots?
C'est la jeune captive; et sa plainte est pareille
Au murmure des flots.

LA CAPTIVE.

O patrie! objet de mes larmes,
Quel Dieu finira tes malheurs?
Tu meurs, tu demandes des armes,
Et moi, je n'ai rien que mes pleurs!
O Dieu des chrétiens, je t'implore,
Je t'attends du soir à l'aurore,
Et rien ne répond à mes cris!
O mort, mon unique espérance,
Viens, viens consoler ma souffrance,
Viens briser les fers des proscrits!

CHŒUR.

O vous, hirondelles plaintives,
Nos sœurs, qui fuyez pour toujours,
Emportez le chant des captives
Vers le ciel natal, nos amours!
Penchés sur le bord de nos fleuves,
Nos parents, nos fils et nos veuves
Invoquent le jour du trépas.
Le temps fuit, pareil à ces ondes,
Entraînant les cieux et les mondes.
Et nos pleurs ne passeront pas!

ADALBERT.

Seigneur, vous entendez les captifs de Bohême!
Songez qu'un roi clément est pareil à Dieu même :
Liberté, grâce, ô roi!

BOLESLAS.

Oui, le ciel a parlé dans mon âme attendrie,
Par vous ces prisonniers reverront leur patrie;
Restez auprès de moi!

ADALBERT.

Non, Seigneur, je ne puis! Un autre soin m'attire;
Je pars, je vais cueillir la palme du martyre
Qui m'attend dans les cieux!

BOLESLAS.

Eh bien! vous le voulez, qu'on les traîne au supplice!
Vous refusez mes dons, redoutez ma justice!
Ils mourront sous vos yeux!

ENSEMBLE ; quatuor.

CHŒUR.

Grâce! pitié pour nous! Frère, tu vois nos chaînes!
Par le sang des martyrs qui coule dans tes veines
Daigne exaucer nos vœux!

RADION, ASTÉRÉE.

Bienheureux le mortel qui gémit et qui pleure!
Souviens-toi que la terre est un exil d'une heure,
La patrie est aux cieux!

ADALBERT.

Seigneur, ces prisonniers, ces proscrits, sont mes frères;
Ah! craignez d'accomplir vos desseins téméraires;
Grâce, pitié pour eux!

BOLESLAS.

Non, non, plus de pitié, que leur sort s'accomplisse!
Des bourreaux tout sanglants vous serez le complice :
Qu'on les livre à nos dieux!

V.

ADALBERT ; *récit.*

Arrêtez ! je mourrai, mais en sauvant leur vie !
Moi martyr, mon esprit reviendra dans ce lieu ;
Chantons l'hymne d'amour à la Vierge Marie,
Gloire à Dieu !

CHŒUR.

Gloire à Dieu !

Hymne à la Vierge (*).

Vierge du ciel, priez pour nous !
Protége nous, sainte Marie ;
Chrétiens, à tes genoux,
Prions Dieu pour notre patrie ;
De l'enfer en furie
Apaise le courroux,
Vierge du ciel, Marie,
Kyrie eleison !

Mère du Christ, de ta lumière
Daigne éclairer nos yeux ;
Et quand viendra l'heure dernière,
Conduis-nous vers les cieux.
Donne-nous l'espoir en ce monde,
Et dans l'autre, une paix profonde ·
Kyrie eleison !

2.

Fils de Dieu que le ciel proclame,
Dieu sorti du sein de la femme,

(*) Cet hymne à la Vierge est la traduction exacte, paroles et mélodie, du chant de saint Adalbert, *Bogarodziça-Dzieriça*, composé vers 999 pour le roi de Pologne, Boleslas-le-Grand : par respect pour son antiquité, nous le transcrivons en entier.

C'est par toi
Que la foi
Règne dans notre âme.

Armé de ses lois souveraines,
Le Seigneur quitta ses domaines,
Et ses mains
Des humains
Ont brisé les chaînes.

Père Adam, premier-né des hommes,
Souviens-toi du monde où nous sommes;
Que tes fils
Soient admis
Aux divins royaumes.

3.

O bonheur sans égal!
Volupté suprême!
C'est Dieu, c'est Dieu même!
Et Satan, son rival,
Foudroyé, blasphème.

Chantons le Roi des rois!
Sa grâce féconde
En tous lieux abonde.
Il est mort sur la croix
Pour sauver le monde.

C'est pour nous, Dieu puissant,
Que tes mains divines,
Ton front ceint d'épines
Ont rougi de ton sang
Les saintes collines.

Le Seigneur triomphant
  Ordonne qu'on l'aime
  D'un amour extrême,
Et l'homme, son enfant,
  Autant que soi-même.

O Mère du Sauveur,
  Belle entre les femmes,
  Source de nos flammes,
D'une sainte ferveur
  Embrase nos âmes!

Dieu de gloire et d'amour,
  Déjà tu nous ranges
  Parmi les archanges,
Qui, la nuit et le jour,
  Chantent tes louanges!

Amen! ainsi soit-il.
  Céleste madone,
  Par toi, Dieu nous donne,
Après un jour d'exil,
  La sainte couronne!

SECONDE PARTIE.

Le Drame.

I.

ADALBERT.

Seigneur! où trouver le supplice
    Qui doit m'ouvrir le ciel?
Ah! daigne approcher mon calice
    D'amertume et de fiel!

Comme les herbes odorantes
    Dans le saint encensoir
Ouvrent leurs ailes transparentes
    A l'aurore du soir;

Ainsi, du tombeau qui m'attire
    Je m'élance vers toi;
Seigneur! j'ai cherché le martyre,
    Et je trouve la foi!

VOIX DU CIEL.

Mon fils, tu suivras cette étoile
    Qui descend vers le nord;
Pêcheur du Christ! livre ta voile
    Au souffle de la mort.

ADALBERT; *récit.*

La mort! c'est la vie éternelle!
Radion, Astérée, amis, guidez mes pas!

Allons vers la Prusse infidèle
Lui donner le baptême et trouver le trépas!

L'ANGE RÉCITANT.

Côtoyant la Vistule, il enseigne, et la foule
Se presse autour de lui;
Et sur la chrétienté comme un flot qui s'écoule
Dix siècles avaient fui.

Or, les païens disaient, écoutant ses paroles :

CHŒUR DES PAIENS.

O ministre du ciel,
Qui bénis et consoles,
Ta voix, source de miel,
A brisé nos idoles.
Oui, c'est Dieu, le vrai Dieu,
Que ta voix nous enseigne;
Que la terre en tout lieu
Le connaisse et le craigne;
Oui, c'est Dieu, le vrai Dieu
Qu'Adalbert nous enseigne.

2.

Des temples du désert
Renversons les images,
Car le Dieu d'Adalbert
Est seul digne d'hommages.
Oui, c'est Dieu, le vrai Dieu
Que sa voix nous enseigne;
Que la terre en tout lieu
Le connaisse et le craigne;
Oui, c'est Dieu, le vrai Dieu
Qu'Adalbert nous enseigne.

ADALBERT ET CHŒUR.

Que la terre et les cieux soient témoins de son règne!

II.

L'ANGE.

Les étoiles brillaient au beau front de la nuit.
Écoutez! Un esquif a glissé sur la plage;
Un fils du désert le conduit;
Il descend, fait un signe : et l'écho du rivage
Répète les clameurs de la troupe sauvage;
Le clairon sonne, le fer luit!

CHŒUR DES CHASSEURS.

Un chrétien parmi nous? Qu'il périsse, qu'il meure!
Maudit soit l'étranger et celui qui le sert!
Jamais un vil chrétien n'a souillé la demeure
Des enfants du désert;
Qu'il périsse!!...

LE ROI.

Arrêtez! le premier qui s'approche
Tombera foudroyé sous cet éclat de roche.
Vieillard, qui donc es-tu?

ADALBERT.

Je me nomme Adalbert : consolateur des âmes.

LE ROI.

Que viens-tu faire ici?

ADALBERT.

Briser vos dieux infâmes,
Enseigner la vertu!

LE ROI.

Qui t'amène au désert?

ADALBERT.

Dieu, dont je suis l'apôtre,
Mon devoir, et la foi dont je suis le gardien.

LE ROI.

Tu mens, vil étranger! ton Dieu n'est pas le nôtre,
Et son pouvoir finit où commence le mien.

ADALBERT.

Il n'est rien ici-bas que son regard ne sonde !

LE ROI.

Tu mens, vil imposteur ! Dieu, pour nous convertir,
Nous enverrait un roi !...

ADALBERT.

Ce Dieu, le roi du monde,
Ne veut, pour te sauver, que le sang d'un martyr !

LE ROI.

C'en est trop ! fuis ! crains ma colère !
Et que le soleil qui t'éclaire
Jamais ne te voie en ces lieux :
Va-t'en ! ce rivage est funeste ;
Sinon, la mort !

CHŒUR.

La mort ! !

ADALBERT.

Je reste !

LE ROI.

Chrétien, sacrifie à nos dieux !

ADALBERT.

Jamais ! plutôt briser ces dieux que je déteste !

LE ROI.

Arrête ! pour punir ton audace funeste !
Meurs, esclave orgueilleux !

CHŒUR.

Un chrétien parmi nous ? qu'il périsse ! qu'il meure !
Maudit soit l'étranger et celui qui le sert !
Jamais un vil chrétien n'a souillé la demeure
Des enfants du désert !

L'ANGE.

Et le roi des païens va saisir une rame ;
Il la laisse tomber sur le front d'Adalbert :
« Va, demande à ton Dieu le salut de ton âme !
Justice est faite !... et nous, retournons au désert. »

Il chancelle, mourant, sur le sein de l'archange;
Le livre de la Foi s'échappe de ses mains,
Et les chasseurs disaient avec un rire étrange :
« Périssent avec lui tous les dieux des Romains!

CHŒUR.

Fleuve majestueux, qui portas l'aigle blanche;
Vistule! béni soit ton flot pur qui s'épanche
Durant l'éternité!
Béni soit ton rivage et tes plaines fécondes :
Car du sang des martyrs qui se mêle à tes ondes,
Naîtra la Liberté!

III.

ASTÉRÉE; *récit.*

Adalbert! tu gémis lorsque le Ciel t'appelle
A l'œuvre de la Foi!
Le Seigneur te promet une palme plus belle :
Adalbert, lève-toi!

ADALBERT.

Où suis-je? quelle voix secrète
Vient me rappeler du tombeau?
Je respire... mon sang s'arrête...
Mon cœur bat! que le ciel est beau!
Oui, je vois encor mon étoile,
L'azur sans nuage et sans voile.
Gloire à toi, Seigneur de bonté!
A toi, mon bienfaiteur, mon père!
Et paix avec vous sur la terre,
Hommes de bonne volonté!

Quelle est cette mer sans rivage
Où plonge un regard incertain?
Ce désert inculte et sauvage,
Eclairé des feux du matin?

Écoutons!. . quel est ce murmure!
J'ai soif... Une fontaine pure
Au sein des bosquets resplendit;
Je vais, dans l'ardeur de ma fièvre.
Y baigner mon front et ma lèvre...
Une vierge approche, et me dit :

LA CAPTIVE; *duo.*

Arrête! au nom du ciel, si tu tiens à la vie;
Cette onde, c'est la mort!

ADALBERT.

Quelle es-tu, jeune fille? et dis-moi quelle envie
T'intéresse à mon sort?

LA CAPTIVE.

Je l'ignore : mon père est mort en esclavage,
Étranger comme toi;
Et ma mère, ici près, habite le rivage :
Sois notre hôte; suis-moi!

ADALBERT.

Mais pourquoi m'empêcher de puiser à cette onde?

LA CAPTIVE.

Elle sert aux autels!
Approche! vois-tu bien, sous la mousse profonde,
Nos serpents immortels!

ADALBERT.

Le Seigneur est plus fort que vos dieux homicides.
Regarde, mon enfant!

LA CAPTIVE.

Que vois-je! un aigle blanc, sur ses ailes rapides,
S'élance triomphant!
Il tombe avec l'éclair sur les ondes sanglantes;
Il saisit les faux dieux,
Et les porte écrasés, dans ses serres brûlantes,
Jusqu'au plus haut des cieux!

ENSEMBLE. — ADALBERT.

A ce prodige, enfant, reconnais la présence
De Celui que je sers !
C'est par toi que le Christ étendra sa puissance
Au sein de vos déserts.

Ton père était mon frère, et ma race est la tienne!
Oui! le Christ est vainqueur!
Idolâtre, à genoux! esclave, sois chrétienne!
Ma fille, sur mon cœur!

LA CAPTIVE.

Mon âme, à ce prodige, adore la présence
De Celui que tu sers!
C'est par moi que le Christ étendra sa puissance
Au sein de nos déserts.

O ciel! quel changement dans mon âme s'opère :
J'aime! je vois! je croi!
Ton Dieu sera mon Dieu; bénissez-moi, mon père,
Je veux suivre sa loi!

ADALBERT.

Mon Dieu! je l'ai sauvée, et veux mourir pour toi!

LA CAPTIVE.

Mon Dieu! je suis chrétienne, et veux vivre pour toi!

IV.

LA MÈRE.

Où donc es-tu, fille chérie?
Je t'attends nuit et jour;
Quel tyran, quel monstre en furie
T'arrache à mon amour?
Marie!

L'ANGE.

L'écho seul répond alentour.
Marie!

LA MÈRE.

De mes pleurs la source est tarie;
Tu me fuis sans retour,
O toi! que mon sein a nourrie,
Je meurs, sans ton amour!
Marie!

L'ANGE.

Et l'écho répète alentour :
Marie!

LA CAPTIVE.

Mère! voici ta fille!

LA MÈRE.

O ma fille chérie!
C'est elle! et dans mes bras! Merci! mon Dieu, merci!
Voilà son front si beau, ses regards pleins de flamme!
Mais, qui dois-je bénir?

LA CAPTIVE.

Mon sauveur, le voici.

LA MÈRE.

Il a sauvé tes jours!

ADALBERT.

Non! j'ai sauvé son âme!

LA MÈRE.

Que vois-je! un étranger!

ADALBERT.

Un ministre de Dieu!

LA CAPTIVE.

Mon bienfaiteur! mon père!

LA MÈRE.

Un chrétien dans ce lieu!
Et vous ne tremblez pas que des mains téméraires...

ADALBERT.

Je ne crains que Dieu seul, les païens sont mes frères.

LA MÈRE.

Ils vous tueront! fuyez!

ADALBERT.

Non, je demeure ici!

LA CAPTIVE ET LA MÈRE.

Fuyez! il n'est plus temps, ils viennent! Les voici!

V.

CHŒUR DES CHASSEURS.

Au bruit de la corne sacrée,
Par les monts et les bois,
Nous chassons la biche égarée
Et le cerf aux abois.
Mais trompant notre poursuite,
La vierge, nos amours,
Emportant nos cœurs dans sa fuite,
Nous échappe toujours.

UN CHASSEUR.

Un chrétien maudit l'a séduite!

CHŒUR.

Tremblez, chrétiens! race maudite!
Notre soleil jaloux
Éteindra plutôt son orbite
Que de luire pour vous;
Nos femmes deviendront stériles,
Et le vaste océan
Couvrira nos champs et nos villes
De son gouffre béant!

UN CHASSEUR.

Plutôt la mort que l'esclavage!

CHŒUR.

Chasseurs, de rivage en rivage
Lançant nos javelots,
Nous frappons l'uroch, l'ours sauvage
Dans les bois, sur les flots...

LE ROI.

Arrêtez!... Mais quels bruits étranges...

ADALBERT, LA CAPTIVE ET LA MÈRE.

Marie! étoile des archanges!
Veille sur nous du haut des cieux!
L'aurore chante tes louanges,
Et l'amour sourit dans tes yeux.

LE ROI; *récit.*

Chasseurs! n'est-ce pas la captive
Qui gémit au sein du rocher?

UN CHASSEUR.

De l'alcyon la voix plaintive
S'unit aux refrains du nocher.

ENSEMBLE. — CHŒUR.

Tremblez, chrétiens! race maudite!
    Notre soleil jaloux
Éteindra plutôt son orbite
    Que de luire pour vous!

ADALBERT, LA CAPTIVE ET LA MÈRE.

Mère du Christ, de ta lumière
    Daigne éclairer leurs yeux,
Et, quand viendra l'heure dernière,
    Conduis-les dans les cieux!

VI.

LE ROI.

Plus de doute! c'est elle!

CHŒUR.

Avançons!

LA MÈRE.

Le fer brille!
Je vous donne mon sang! mais pitié pour ma fille!
Je suis à vos genoux! pitié, grâce, ô mon roi!

LE ROI.

Rends-moi ta fille, ou meurs!... Qui t'a séduite?

ADALBERT.

Moi!

CHŒUR.

Mort! mort à l'étranger!

LA VIERGE.

Je suis chrétienne!

LE ROI.

O crime!

ADALBERT.

Épargnez cette enfant! prenez une victime
Plus digne de vos coups!

CHŒUR

Mort! mort à l'étranger!

ADALBERT.

Frappez! Je vous absous!

. . . .

L'ANGE.

Heureux celui qui meurt martyr de la foi sainte
Ou de la liberté!
La divine splendeur sur sa face est empreinte
Durant l'éternité.

Proscrits! ceignez vos reins pour les routes divines,
En Pologne! debout.
Le soleil est ardent, le sentier plein d'épines;
Mais le ciel est au bout!

Radion, Astérée, ouvrez vos blanches ailes
Aux brises du désert,
Portez à Boleslas les dépouilles mortelles
Du martyr Adalbert!

VII

CHŒUR DES ANGES.

Chantez, légions angéliques;
Harpes, résonnez dans les airs.
Relevez-vous, saintes reliques,
Au bruit des célestes concerts.
Bercé dans la main des génies,
Couvert de splendeurs infinies,
Frère, monte aux cieux comme un chant;
Ainsi le parfum s'évapore,
Ainsi l'arc-en-ciel se colore
Des rayons vermeils du couchant.

RADION.

O toi, mon orgueil et ma gloire!
Dors paisible au sein du trépas!
Les cieux proclament ta victoire,
Et la terre a fui sous tes pas;
Soldat de la Foi souveraine,
Tombé sans effroi sur l'arène,
Martyr, monte au rang des élus!
Après quelques jours de souffrance,
A toi l'éternelle espérance
Et le jour qui ne s'éteint plus!

CHŒUR.

Adalbert, patron des vieux Slaves!
Gloire à toi, céleste ouvrier!
Tu meurs de la main des esclaves
Le premier, mais non le dernier!
Tu rends ton corps à la poussière,
Ton esprit, rayon de lumière,
A son immortel élément;
Pour toi, plus de temps ni d'espace,
Tu contemples Dieu face à face
Jusques au jour du Jugement!

FINAL.

L'ANGE.

Aux chants d'un peuple entier quelle Église s'élève!
Boleslas la fonda, la Pologne l'achève :
Ce temple, c'est Gnesen! c'est le nid déserté
Où l'aigle de Pologne a déployé son aile
Pour prendre son essor vers la voûte éternelle
Au soleil de la Liberté!
L'orgue saint retentit dans ses voûtes profondes
Comme la voix de Dieu, lorsqu'il créa les mondes!

CHŒUR DES FIDÈLES.

(Orgue.)

Vierge du ciel, priez pour nous!
Protége-nous, sainte Marie!
Chrétiens, à tes genoux,
Prions Dieu pour notre patrie!
De l'enfer en furie
Apaise le courroux,
Vierge du ciel, Marie,
Kyrie eleison!

ENSEMBLE.

ADALBERT, CHŒUR DES ANGES.

Consolez-vous, chrétiens! Peuples, brisez vos fers!
Protégez cette Église, angéliques cohortes,
Et les puissances des enfers
Viendront expirer à ses portes.

BOLESLAS, CHŒUR DES FIDÈLES.

Consolez-vous, pécheurs! car, pécheur comme vous,
Adalbert a conquis la palme du martyre;
Anges du ciel, priez pour nous!
Que l'amour de Dieu nous inspire!

FIN.

PIESN BOGA RODZICA.

Hymne de saint Adalbert.

Boga rodzica, Dziewica,
Bogiem slawiona, Marya!
U twego syna, hospodyna,
Matko zwolona, Marya!
Zisci nam,
Spust winom:
Kyrie eleyson!

Twego syna Krzciciela zbozny czas.
Uslysz glosy, napelniy mysli czlowiecze;
Slysz modlitwe, ienze cie prosimy;
To dac raczy, Iegoz prosimy.
Day na swiecie zbozny pobyt,
Po zywocie rayski przebyt:
Kyrie eleyson!

Narodzil sie dla nas syn bozy,
W to wierzay czlowiecze zbozny:
Iz przez trud,
Bog swoy lud
Odiol diablu z strazy.

Przydal nam zdrowia wiecznego,
Staroste skowal piekielnego:
Smierc podiol,
Wspominol
Czlowieka pierwszego.

Adamie ty bozy kmieciu!
Ty siedzisz u Boga w wiecu:
Domiesci,
Swe dzieci
Gdzie kroluio swienci.

Tam radosc, tam milosc,
Tam widzenie Tworca
Anielskie bez konca;
Tu sie nam ziawilo
Diable potempienie.

Dla ciebie, czlowiecze,
Dal Bog przekloc sobie
Bok, rence, nodze obie;
Krew swienta z boku szla
Na zbawienie tobie.

Wierzze w to, czlowiecze,
Iz Jezu Chryst prawy
Cierpial za nas rany;
Swo swiento krew przelal
Za nas Chrzesciany.

Ni srebrem, ni zlotem
Z piekla nas odkupil:
Moco swo zastompil;
. . . .
. . . .

Juz nam czas, godzina,
Grzechow sie kaiaci,
Bogu chwale daci;
Ze wszemi silami
Boga milowaci.

Marya, Dziewica,
Prosi syna swego
Krola niebieskiego,
Aby nas uchowal
Ode wszego zlego.

Tegoz nas domiesci
Jezu Chryste mily,
Bychmy z tobo byli,
Gdzie sie nam raduio
Juz niebieskie sily.

Wszyscy swienci proscie,
Nas grzesznych wspomozcie:
Bychmy z wami przebyli,
Jezu Chrysta chwalili.

Amen, Amen, Amen,
Amen. Takto Bog day
Bychmy wszyscy poszli w ray,
Gdzie kroluio anieli.

www.ingramcontent.com/pod-product-compliance
Ingram Content Group UK Ltd.
Pitfield, Milton Keynes, MK11 3LW, UK
UKHW021036260726
13994UKWH00005B/2187